心葉集

湯浅洋一
YUASA Yoichi

文芸社

五行分かち書きによる

人霊《ひとすだま》
笑いさざめく
玄室に
朝日の光
届き初めにき

水無月の
梅雨降り初めし
仁和寺に
涙こぼしぬ
童心の君

神霊の
大和平野に
神格の
焦点二つ
楕円を成すか

ケプラーの
法則満たし
動く点
動力源は
ゼロ引力か？

人々の
心理過程を
克明に
たどり得たなら
鬼に金棒

日本には
統治経験
人知れず
誇りうべき人
多く含めり

内心の
電子の個数
どう変わる
心理過程の
変化につれて

ヤンキース
主力戦線
いかならむ
松井が抜けた
大リーグでは

主の力
いかなるほどか
重力に
及ぶ及ばぬ
謎の力か

マルクスが
機械力なら
主の力
それも機械の
力ならずや

移行期の
縄文土人
弥生土人
手に持つ土器も
個々の好みか

風そよぎ
彼岸花咲く
野の果てに
あかねの夕日
落ち行く出雲

国政と
商事行為は
別のこと
企業統治は
監査が基本

（天皇の会社経営がもし可能であったら、という仮定の下に、四首）

天皇の
世界本社に
損得の
報告すれば
夕陽暮れ行く

天皇の
経営権を
論ずれば
その会社株
ニーサは是か非か

天皇が
私法行為を
なす時に
債権決済
先へと進む

天皇の
会社経営
可能でも
皇族経営
ありやなしやと

創造の
神といのちの
神とでは
具体的には
どう違うのか

日本の
演歌の歌う
ソロー・ブルー
村里洗う
高千穂の峰

（倭の五王の時代に、関東地方に向け蝦夷討伐作戦が行なわれたのかどうか、ふと気になって）

まほろばの
王家の里の
倭の五王
畿内を出でて
関東へ征く

寺庵にて
茶を点ずるは
裏千家
わび茶の極意
伝え行きけり

反射的
肉体運動
見るだけで
内面宇宙
知りぬべきとは

放課後の
笑いさざめく
声絶えて
空を仰げば
千の風吹く

三月の
あけぼのの空
肌寒し
十年前の
さみどりの風

時宗に
権限はなし
フビライ＝ハン
源氏幕府の
将軍命令

後になり
想像するは
在りし日の
強かりし日の
ジンギス幕舎

（桃太郎伝説について、二首）

甕棺に
詰め込む桃の
種に見る
桃源郷の
再生神話

きび団子
どんぶりこっこ
どんぶりこ
ともに揺られて
童子は里へ

王朝に
終止符打ちし
武家の浪
平氏政権・
源氏幕府よ

黒潮の
海潮音の
ざわつきに
耳を澄ませば
海に路あり

たきぎ能
義政迎え
火を焚けば
鹿威《ししおど》す音
苔《こけ》に飛び散る

憲法の
不戦法規に
人類の
明日を見るなり
平和の力

漫才に
座談に様子
調子付く
同音シナジー
語呂合わせかな

空低く
紫雲たなびく
高野山
真言宗の
宗旨の力

親鸞も
修行をしたる
比叡山
雨にも日にも
変わらざるなり

三つある
千体供養
合わせれば
三千世界
おおよそを成す

春がすみ
大和三山
立ち重ね
神々の里
まどろみにけり

（ある夜、反革命の大攻勢が始まる予感がして、六首）

蛇体たる
殺人オニの
霊魂を
二度と人体
たらざるを請う

夜静か
ネットの電子
跳び来たる
空気人間
ドットの世界

27

生活の
経済条件
整える
大革命の
後の本ボシ

夜も更けて
たぬきばやしの
大奥の
横で坊主の
ひょっとこ踊り

エロ・ビデオ
流れる夜の
丑の刻
破防法待つ
化け物の街

とっぷりと
暮れてホテルに
休む身の
日本民族
裏切り分子

あけぼのの
朝日を受けて
狐狸の里
花笠音頭
今やたけなわ

南極を
極点魚たち
群れ泳ぐ
くじら観察
余念も入れず

「いかにせむ
民の心を
把むには」
政府の力
まだ弱き頃

崇神紀の
「初国知らす」
「御国《みくに》」とは
国家以前の
何に当たるか

日向国
東遷すれば
紀伊の位置
地理も変わりて
大和朝廷

職人の
つきづきしくも
芸の道
職人芸の
極美なるかな

壇蜜の
くじ降る夕日
腰に射す
神々しきか
天の高千穂

そよ風の
吹き寄せる地に
山野辺の
すみれや蓮華
咲きぬべらなり

東征の
神武戦争
弾丸に
比すべき疾風《はやて》
出でたらましを

ニュートンに
根拠を得つつ
高千穂の
天使と天女
戯れいたり

土器人が
竪穴穴居
する身なら
天皇家とは
武将の長《おさ》か?

池の辺の
水仙淡く
揺れる時
つらら下垂る
清き水影

東雲《しののめ》に
霧立ちさわぐ
音すなる
月ケ瀬の谷
梅の咲く見ゆ

星明かり
未だ姿の
消えぬ頃
銀河の滝の
落下する音

ほのぼのと
夜が明ける頃
鬼が島
わいわいがやがや
小鬼の騒ぐ

体界の
浮きつ沈みつ
するうちに
闇の漆黒
明け初めにけり

がいこつが
音を蹴立てて
リレーする
勉強し過ぎ
こんなにならぬか

原爆書
読み進めども
このほうが
良くはないかと
あんパンの影

天皇の
顔に泥塗る
クーデター
政治責任
いかにして取る

緊急の
国連軍に
二通り
常設軍と
特設軍と

家康に
欣求浄土の
言葉あり
この世に苦悩
なき楽土あれ

時により
必要なるか
防御用
飛距離短き
戦術核が

求むべし
イノベーションの
奥にある
臨機応変
円転滑脱

籠城戦
やむを得ざれば
これによれ
完全防衛・
専守防衛

軍の名は
「日本軍」とふ
文字遣い
適切なりと
私は思う

人民の
自から恃む
不戦法
自助救命の
極致なるもの

世の中の
義理も温度も
消え失せて
人情空し
法律砂漠

皇族と
政府高官
保護のため
軽目の刑の
復活如何

せっかくの
不戦条約
法規範
不戦法とぞ
申すべきなる

不戦法
国権法と
言い難し
人権法とも
言い難かりし

人権法
民法にては
物権法・
債権法と
細分される

会社とは
景気に合わせ
浮き沈み
繰り返すなる
経済結社

永き日の
春の日和を
むさぼれば
知らず知らずに
時の経つ知る

会社なる
経済結社
浮き沈み
浮きさえ消えて
倒産近し

音子なる
電子の上の
物質が
電子空間
音出し回る

物質と
観念即ち
語句言葉
いのちの外の
存在手段

マルクスの
ベルリン大学
法学部
東大よりは
上位か下位か

我が炎
手離さむとす
大坂の
天守の事も
浪華の夢も

（旧約聖書の創世記を読んで、二首）

創造主
アダムとイブを
生めしより
カインとアベル
その子になれり

アダム、イブ
カイン、アベルの
一家族
仲良く暮らす
四人の平和

エジプトの
クフ王なりと
陰の声
半信半疑
我とまどわす

庶民的
哀歓我を
泣かすなり
笑いの後の
続く哀愁

何気ない
普段の仕事の
具体感
失いがちの
コロナの騒ぎ

春の朝
窓を明ければ
のっそりと
琵琶湖に浮かぶ
魚釣る舟

寂しさを
ふと感じ入る
人生の
奥の細道
たどり行きつつ

秋の風
鳰《にお》を吹き過ぎ
沖合へ
夕日を受けて
小波伴い

毎年《まいとし》の
人事配置の
序列主義
人間飴を
休むことなく

大攻勢
攻撃受ける
一点の
働かずして
カネを釣る人

右空間
左空間
どちらにも
滝の瀑布の
音たぎり落つ

高千穂の
高殿を出て
防人《さきもり》の
神武戦団
風雲険し

（女のオナニーについて考える、五首）

オナニーに
ふける女の
顔見れば
千々に苦悶の
震えありけり

女子トイレ
男求める
オナニーの
迫る激しさ
股裂けるほど

パンツ脱ぎ
あらぬ姿で
身もだえる
女の割れ目
じわりと濡れる

始めから
終わる時まで
念頭を
離れぬモノは
夫のチンポ

オナニーを
したくて籠もる
女子トイレ
食い込み線が
妖しく濡《そぼ》つ

事の後《あと》
生活実感
戻りなば
黒影すっと
姿消し行く

日本の
徳川の武家
千代田城
手離す時に
江戸期は成りぬ

天の神
日の神に告ぐ
「日本の
学校制度
見直すべし」と

大日本
国家権力
瓦解せり
「玉砕軍」と
ののしられつつ

空足《からあし》が
浮き足立ちて
ちぎれ雲
明治権力
宙に浮きしか

子どもの
待つ顔見たし
うず潮の
潮目が変わる
時を待ちつつ

いつの世も
男女の仲は
くれなゐの
燃え上がる恋
狂おしきもの

高齢に
打ち勝つ秘法
一番に
みずみずしさと
火の勢いと

大和なる
セレブ宮廷
安らぎの
誉れも高く
帝を包む

あとはただ
豊葦原と
なりぬべし
もしこの建物が
取りこわされれば

日本の
象徴なりと
言う以上
常に日本《にほん》の
多数派である

地球を出
先に着きたる
連絡船
星の箱船
順調なるか

いよいよも
ありうべきかな
地球にも
最後の時が
刻々迫る

地球去る
星の箱船
ノアの船
宇宙を急ぎ
目標星へ

庶民絵の
始まらむとす
如月の
新しき世の
初心のこころ

いつまでも
どこまで行っても
濃紺の
宇宙の奥に
果てはあるのか

日本の
地方自治とは
大名の
藩体制に
重なりて見ゆ

地方圏
経済域の
創設も
経済地理の
応用ならむ

重点を
置いて需要を
掘り起こせ
アパレル経済
セレブ増やさむ

もし仮に
令外《りょうげ》の官《かん》の
なかりせば
武家の世開く
きっかけもなし

校庭に
思い出深し
うさぎさん
小学生に
なりたての頃

滋賀県の
近江経済
果樹栽培
バイオの世界
決定的か

ふるさとの
食品財の
生産に
バイオ・マシンの
製造も合う

伝統の
我がふるさとの
京都の地
みやこ経済
宮大工の地

磯古りて
浜の松風
ざわざわと
流れて騒ぐ
黒潮の音

パスカルに
葦のたとえも
あるごとく
風吹きそよぐ
豊葦原に

偵察の
ドローンを飛ばし
ライバルを
覗けばみんな
創意出し合う

日本の
経済魔力
秘めし糸
人の心を
釣り上げにけり

取引の
通常観念
知らぬ者
この世の中を
泳ぐに難き

衣食住
どれが不足か
条件論
生活送る
便宜の上で

今日《こんにち》の
市場の事態
異常なり
飽和均衡
全層おおう

次々と
コペルニクス的
転回を
なせば時代を
打開しえよう

新時代へ！
イノベーション・
プランナー
エンジニアとは
ウマが合いそう

捨ててこそ
浮かぶ瀬もあれ
空蝉の
浮き名も何も
流れて行きぬ

世の中の
淀みに浮かぶ
うたかたも
一時はいのち
輝きぬべし

日本史の
謎《なぞ》を深める
神秘的
ニニギ降臨
高千穂の嶺

風俗を
手段と化する
芸術は
性をも含め
Cの難度か

ギリシャでの
あなたの時代
ソクラテス
日本で今日も
脈を打ちつつ

時間とは
微小な空間
変化なり
ニュートン微分
空間微分か？

今にして
思えば神武
教えしか
抵抗戦士
入念に討て

（地獄めぐりを詠む、十五首）

果てぬれば
奈落の底の
悪地獄
炎の車輪
身を責め立てる

果てぬれば
奈落の底の
黒地獄
腹の色など
変わるものかは

果てぬれば
奈落の底の
色地獄
女なしでは
国続くまじ

果てぬれば
奈落の底の
金地獄
経済回す
空《から》の逆流

果てぬれば
奈落の底も
波板の
不快なことを
しては喜ぶ

果てぬれば
地獄の沙汰も
金次第
年金だけを
頼りにできぬ

果てぬれば
奈落の底の
底の底
子安貝二個
潜んでいたり

果てぬれば
奈落の底も
突き破る
金と女の
濃密な欲

果てぬれば
奈落の底に
蛇地獄
落ち行く人を
待ち受けるなり

果てぬれば
奈落の底は
二番底
二枚重ねの
八岐《やまた》の大蛇《おろち》

果てぬれば
奈落の底の
体《てい》なりき
黄金の比の
地獄宮殿

果てぬれば
奈落の底に
至るまで
解脱の機会
訪れるなし

果てぬれば
奈落の底の
宮殿に
住む人の主《ぬし》
悪の本心

果てぬれば
奈落の底の
大魔王
海の流れに
揺られていたり

果てて行く
地獄諸相は
直列の
風林火山
爆発を待つ

連日の
セックス不足
並列の
夫婦の仲を
取り戻すには？

天の川
波頭に浮かぶ
交易船
沖津宮過ぎ
玄界灘へ

戒名は
冥土の旅を
案内《あない》する
死出の名札と
心得るべし

腹満ちて
吾が仰向けに
休む身を
時間泥棒
逃げ出しにけり

地図帳を
北から見れば
アメリカも
違った相に
見えて来るよう

金融の
公社組織を
共有の
天下支えの
土台に使え

問題の
核心を成す
アメリカの
在日特権（？）
根拠条文

さまざまな
権利の果てには
制度たる
平和でさえも
人権と化す

（もし金星に天孫降臨していたらと仮想して作った歌）

星蜘蛛の
子を散らすがに
金星の
人里近く
降りぬべらなり

ゆったりと
時《とき》流れ行く
暮《く》れ方《がた》に
秋の陽光
弱りつつ消ゆ

あけぼのの
春の空気に
東山
連峰近く
鳶《とび》輪を描く

十一の
顔を持ちたる
観音の
湖国に多きは
黄金相か？

六点で
作りし化学
ベンゼンの
芳香族の
炭素と水素！

ベンゼン（C_6H_6）の
水素のせいか
芳香は
電子社会の
電子の力

サイコロの
目と六点と
対位する
点対称の
次の等式（$x^6 = 1$）

数学に
夢中になりし
あの時代
思い返せば
いとなつかしき

不動の座
顔面神経
こわばらせ
居直り坐る
不動明王

ふるさとの
経済・文化
一括し
特質づければ
大名圏か？

町起こし
たとえば尼子
大名の
因幡の国を
いなびの価値へ

毛利家の
ブランド価値を
利用せよ
毛利大名
長州の里

伊達藩の
松島観光
産業の
中核に置く
策捻り出す

（出雲大社と出雲神話のこと、そして阿蘇神社、五首）

出雲の地
雲湧き上がる
夏の日に
この世の浄土
見たき夢立つ

敗北の
条件呑めと
威嚇の矢
宗教取るか
政治を取るか

民《たみ》のため
宗教取りし
国譲り
大国主《おおくにぬし》の
決断早し

日本の
指導者めぐり
泥沼に
伊勢神宮ＶＳ
出雲大社派

阿蘇神社
大集落の
卑弥弓呼《ひみここ》の
周辺地域の
共同神社か

秋も暮れ
三途の川を
越え来れば
アーラヤ識が
天の川敷く

ギリシアの陽光《ひ》
ニンフの薄衣《うすぎ》
おごそかに
オリンピックの
採火式済む

遊び人
いつかは国の
人柱
全員で発《た》つ
神武出港

東方の
あけぼのの空
開け行き
我々は発《た》つ
新しき代《よ》へ

鬼火立つ
神武出陣!!
獅子吼《ししく》する
日嗣の御子《みこ》は
大神となる

真琴《まこと》とふ
女性兵士は
今どこに
退路を絶った
神武東征

西方の
「おとこ」「おんな」の
子どもたち
鎮守の森で
早太鼓打つ

和太鼓の
乱れ打ち飛ぶ
黒潮に
「憎し」の一語
叫びし兵士

白鳥《しらとり》の
ヤマトタケルの
怒り太刀
剣の切っ先
のどぶえを切る

人類に
救いはあるか
九重の
体温の愛
いかになるらむ

血点を
隠す涙の
戦跡に
むくろをさらす
雄々しき兵士

あとのこと
全てを任す
コツを知れ
律令軍人
機構の秘密

争いは
いつもの通り
化かし合い
きつねとたぬき
ぐるぐる回り

天爵の
位《くらい》はいかに
女帝用
配偶者の座
特別爵位

家族法
子らの里から
桃源郷
今その子らに
光当たりつ

世の中の
混乱時には
常のこと
電子ビラ飛ぶ
庶民の社会

戦前の
派閥争い
悲憤もの
外紛深き
ちょうどその頃

自衛権
文官優位は
暗示する
党派対立
そこで止めよと

五月《さつき》の日
鯉のぼり舞う
青空に
風鈴の音
涼しく響く

社会主義
思想の中の
エンゲルス
存在意義の
薄さが目立つ

伊《い》奘《ざ》諾《なぎ》の
荒ぶる神に
つけておけ
安全のため
伊奘の女神を

（庶民の心）

横領は
目の前過ぎる
商品に
イヒヒ笑いの
手が伸びること

（犯罪心理）

この世をば
浄土にせむと
するならば
悲土信仰を
打ち払うべし

（喜土信仰への切り換え推奨）

旱天《かんてん》の
慈雨もいつかは
上がるもの
スカイ・ブルーの
晴れ上がる空

（他人任せへの戒め）

北斎の
限定円の
富士の絵に
新生命の
息吹きをぞ見る

（円による限定性の表現）

荒波に
巻き込まれたる
富士の山
海の視点は
さらに大きく

（円の限定性をはみ出した部分の自由性を表現）

恥じらいと
初々《ういうい》しさに
女たる
所以《ゆえん》のものを
感じたるなり

どこかから
小さな抗議
上がりおり
女性下着の
ひったくりかな

ドラキュラと
ブラック子爵
赤と黒
赤心・黒心
楕円を成すか？

幼児姦
死体姦など
例多し
いたぶり趣味の
異常心理は

大魔神
系列主義を
貫くか
人の配置の
人脈支配

秋の風
やうやう
夕日薄れつつ
クリアー・ブルーに
古墳眠りつ

久方の
光の熱き
西瓜《すいか》盆
風鈴涼し
夏の夜の夢

警察の
尾行も空し
薄笑い
不作為犯の
赤き顔なる

法相の
指揮権作用
検察の
次長検事の
仕事を止めず

共犯の
甲から乙へ
暗号を
送れば乙の
黒き手伸びる

いとをかし
「創造神と
創造主
どこが互いに
相違するのか」

ひむがしの
横雲の空
あかあかと
輝き出ずる
大日出るごと

経済の
動き激しき
ふるさとの
生産減は
コロナ打撃か

うららかに
春の日受けて
金色の
膚《はだ》に涼しき
そよ風の吹く

黒潮の
大海原に
大日日《おおびび》の
天皇《すめらみこと》の
夜は明けにけり

タラス川
モンゴル軍と
アラブ軍
陸上戦の
激突の音

（「渦尊《うずのみこと》」について空想しているときに、ふと気がついて詠んだ短歌）

日本史に
その例見れば
壇の浦
波に呑まれし
安徳帝か？

段々に
地球の味が
旨くなる
味わいのほか
見目も気性も

下剋上
信長さえも
下剋上
明智はやはり
力不足か？

師宣の
見返り美人
浮世絵に
庶民の艶を
印し止《とど》めき

しののめの
地面に近く
秋の日の
霧が流れる
大原の里

ふるさとの
ベンチャー企業の
戦士たち
体性器械
わが近江にも

原爆の
科学の秘密
ここにあり
周期律表・
原子番号

新式の
電子圧力
針振れる
生命器具も
コロナ分野へ

自衛官
国家を常に
肩に負う
仕事人とは
あなたの身分

円教に
国籍制度
縁はなし
心血そそぐ
平和精神

神尊の
位格は高し
別格の
権威にかけて
星守りゆく

星々の
天の川端
光輝ある
愛の王国
踏み固め行く

東大の
入試に関し
噂あり
広告方法
大げさなるか？

商品の
虚偽の広告
消費者の
詐欺にならぬか
ふと口ふさぐ

食い詰めの
犯罪集団
意外にも
プライド高き
異常なほどに

戦前の
治安維持法に
酷似する
香港国家
安全維持法

国安法
制定維持に
経済が
何か違いを
もたらすものか？

革命が
終わりて休む
メスビトと
オスビト間に
まぐわい激し

鷗外の
「山椒太夫」に
暗喩する
女買い込む
人買い資本

次々と
行為求める
メスビトの
連続求愛
盛んなる時期

涼やかな
メロディー聞こゆ
遠くから
こころを打ちて
過ぎ行きにけり

今宵もや
からだ乱れて
流るめり
刺激欲しさに
夜はクネクネ

キャバレーに
若い娘《こ》渡す
上役は
女衒《ぜげん》業者の
今の業容

どこからか
空より響く
涙声
「隣人同士
和して愛せよ」

人生の
哀愁時間
あとわずか
職人芸に
励みし我も

哀愁に
輝く時間
吾は愛す
希望とともに
わらべとともに

貴女《あなた》とは
悲しいほどに
他の人を
信じる人ぞ
救世革命

政治とは
呉越同舟
人鏡
地球大での
箱舟ならむ

闘争の
勝者敗者は
必然の
自然淘汰の
法則である

日本の
象徴なりと
言う以上
常に日本《にほん》の
多数派である

川下《かわしも》へ
皇位もともに
川下へ
川下りする
筏《いかだ》のごとく

霊界の
大霊王に
なりにけり
日本の救世
果たさむがため

運命の
子連れ狼
天上の
銀河の沿道
足取り重く

仏法の
悟りの道を
行く人の
寂しさに似た
悟道愛かな

彗星の
残して去れる
光芒の
音なき跡に
墨匂い立つ

近年の
イスラム・アラブ
貿易に
目立った異常
特に示さず

イスラムの
連邦案は
いかがかな
イスラム・トルコ
イスラム・ペルシア

イスラムを
前面に立て
連邦制
イスラム・ウマイヤ
イスラム・アッバス

誰が何時《いつ》
何度やっても
同じ事
必ず起こるを
法則という

（京大三首の歌）

京大に
美学部設置
するのなら
体育美学に
芸術美学も

京大の
学部問題
打開策
理論美学が
導きの糸

京都の地
みやこ美学の
中心へ
一挙に上げよ
京大雅楽

仕事上
創作文学
活動は
実務科学の
応用編か？

文学部
理論文学
専攻の
彼女はどこの
風となりしか

究極の
体育美学の
美の形
フォームの機微に
結実させよ

歴史上
ほんとに居たか
学界に
頭で生きる
ヘーゲル・ガウス

もし仮に
頭脳恐竜
いたならば
いかなる形
取りにけるらむ

和太鼓に
ふるさと地方の
活力の
たぎり立つ見る
その乱れ打ち

一生を
棒に振りしか
空蝉の
この世の政治
任されしより

（忙しい仕事からの帰り道で、今にも気を失いそうになって千鳥足で戻って来る時の気持ち）

帰り道
足音宙に
飛び散りて
浮かびて昇る
雲の階段

（大物主神《おおものぬしのかみ》について詠める歌）

あの頃の
口癖なりき
「人死ねば
後《あと》に残るは
物理の合計」

いつ頃に
思い付いたか
二人して
腰で腕組む
ステップ・ダンス

「武には武」は
「なるべく避けよ」
指示をする
崇神朝廷
急なる動き

永遠の
時間の海に
たゆたいて
宇宙の波を
蹴立てて行くも

すめろぎの
統治の基本
うららかな
春日の中で
思い述べ合う

ひねくれし
やり取り好む
破廉恥な
ちぐはぐ好み
まず改めて来い

同類の
グループごとの
イデオロギー
ドミソ系統
ドファラ系統

鬼気迫る
殺人狂気
食い破る
人食い鮫の
日頃の食事

天下をも
呑み込まむとす
餓鬼畜生
マグマ地獄を
通って灰に

嬌声は
さんざめくなり
室の中
外には竹の
こすれ合う音

性交の
激しき動き
高まりて
メスを求める
オスの鼻鳴き

刻々と
時刻むなり
丑寅の
ラットかマウス
蛇《じゃ》の立てる音

スーフィズム
イスラム教の
原理主義
バラと針との
主副旋律

バラと針
お針仕事と
セックスの
バラ星雲の
ローズ女王

征矢羽羽矢
暗号資産
増えにけり
敵の来襲
これにて削《そ》がむ

鬼走る
東北よりの
細い道
けものみちから
西南薩摩

星占《ほしうら》を
頼りに自由
振り回す
コロナ騒ぎを
静めんがため

公共の
福祉に反し
自由権
乱用行使
落選招く

たとえれば
寸評短歌
的確な
忍者の使う
吹き矢のごとし

艮《うしとら》の
雄琴にありて
思うこと
地獄の門は
閉まったままに

哀れにも
消えてしまいぬ
大伽藍
太子住みにし
虚妄の世界

（漫才師の気持ちを歌った労働歌）

掛け言葉
語呂付き合わせ
漫才師
「駄洒落作りに
励む我かな」

倭の五王
日本ランドに
現れば
ユアサ大王
倭王の珍か？

安土より
柳生の里へ
急ぐ日に
忍者屋敷に
雨落ちる音

鞍馬寺に
干すと言うなる
天狗党
夏に涼しき
天狗のうちわ

科学とは
数理を使う
物質の
理科概論と
心得るべし

マルクスの
『資本論』など
不要本
革命以後に
社会変われば

竹笹を
透かして望む
向こう岸
古城たたずむ
月を浴びつつ

感情が
結ばれるこそ
要《かなめ》なれ
機械の理性
冷たかりけり

直線状
唯物史観
下に見て
らせんたどるや
我が輪廻史観

Ｑ・Ｐの
ロボット・コステロ
話題引く
出目か奥目か
目の見えるヤツ

権力と
権力間の
焦点に
火折尊《ほおりのみこと》
どっかと座る

煮炊きの火
夜襲の物見
火火出見ノ《ほほでみの》
詔《みことのり》へと
急ぎの動き

さあ行こう
広く大きい
花背から
祇園祭の
月間浅し

ふと思う
光が生じ
世が白む？
二十四時間
暗き中にて

著者プロフィール

湯浅 洋一（ゆあさ よういち）

1948年２月４日鳥取市で生まれ、１歳の時より京都市で育つ。

京都府立桂高等学校を経て京都大学法学部卒。

卒業後、父の下で税理士を開業し、60歳で廃業するまで税法実務に専念。

のち、大津市に転居し、執筆活動に入る。

著書に、『普段着の哲学』（2019年）、『仕事着の哲学』（2020年）、『京神楽』（2020年）、『円葉集』（2021年、以上すべて文芸社）がある。

心葉集

2021年12月15日　初版第１刷発行

著　者　湯浅 洋一
発行者　瓜谷 綱延
発行所　株式会社文芸社
〒160-0022　東京都新宿区新宿１－10－１
電話　03-5369-3060（代表）
03-5369-2299（販売）

印刷所　株式会社フクイン

ISBN978-4-286-23152-5